RUMBO A **STAR WARS: LOS ÚLTIMOS JEDI**

STAR WARS

EL PODER DE LA FUERZA

ESCRITO POR MICHAEL SIGLAIN | ILUSTRACIONES DE BRIAN ROOD

Derechos exclusivos para la edición en castellano reservados para España:
Editorial Planeta, S. A., 2017
Avda. Diagonal, 662-664, 08034 Barcelona (España)
www.planetadelibrosinfantilyjuvenil.com
www.planetadelibros.com
Primera edición: noviembre de 2017
ISBN: 978-84-08-17841-5
Depósito legal: B. 22.129-2017
Impreso en España

Planeta Junior

Hace mucho tiempo, en una galaxia muy muy lejana,

existió un campo energético mágico conocido como la Fuerza. El poder de la Fuerza podía emplearse para hacer el bien o el mal.

Los valientes y sabios **caballeros Jedi** utilizaron la Fuerza para hacer el bien y como vía de conocimiento y defensa, pero nunca para propagar el mal o para atacar. Éste era el camino luminoso de la Fuerza.

EL CONSEJO JEDI

Los maléficos y temibles **Sith** utilizaron la Fuerza para hacer el mal y para intimidar a la población, siempre con un interés egoísta, y nunca para emprender algo bueno o correcto. Éste era el camino oscuro de la Fuerza.

Los Sith permanecieron ocultos durante muchos años. Emplearon su poder cegados por la ira, el miedo y el odio, y conspiraron en secreto para destruir la Orden Jedi.

Durante más de mil generaciones, los caballeros Jedi fueron los guardianes de la paz y la justicia en la Antigua República. Los Jedi ayudaron a proteger la galaxia y a salvaguardar la seguridad de todo el mundo.

El **Consejo Jedi** supervisaba al resto de caballeros Jedi. Estaba formado por doce miembros e incluía a algunos de los Jedi más influyentes y poderosos.

El Templo Jedi estaba situado en la ciudad galáctica de Coruscant y era la sede del Consejo Jedi. Además, guardaba los archivos Jedi, una biblioteca con toda la información sobre estos caballeros, y contaba con instalaciones para que los Jedi se alojaran, estudiaran, entrenaran y meditaran.

Los Jedi llevaban a cabo un largo
y duro entrenamiento para dominar
el poder de la Fuerza.

Los niños que empezaban la formación desde muy jóvenes para aprender a utilizar la Fuerza recibían el nombre de **iniciados**. Cuando crecían, los iniciados se convertían en aprendices **padawan**.

Cada padawan se entrenaba exclusivamente con un único **caballero Jedi** para mejorar su control de la Fuerza. Finalmente, si completaban el duro entrenamiento y superaban una serie de pruebas, los padawan se convertían en caballeros Jedi.

Y si seguían entrenando y practicando, algunos caballeros Jedi lograban convertirse en **maestros Jedi**. Éstos eran los Jedi más poderosos de todos.

YODA EMPLEÓ
LA FUERZA PARA
HACER LEVITAR UN
CAZA ALA-X.

Tanto los Jedi como los Sith utilizaban el poder de la Fuerza para lograr muchas cosas asombrosas.

Sus sentidos se intensificaban y sus reflejos se agudizaban y aumentaban. Podían correr más rápido y saltar más alto que aquellos que no percibían la Fuerza.

Los Jedi y los Sith también podían utilizar la Fuerza para mover objetos con sus mentes, ¡de tal forma que pareciera que las cosas se movían por sí solas!

Los trucos mentales y sugestiones eran otros dos poderes vinculados a la Fuerza, aunque no todos tenían suficiente habilidad como para emplearlos.

Los Jedi y los Sith también utilizaban espadas llamadas sables láser. Tanto unos como otros construían sus propios sables láser con un tipo de cristal especial llamado cristal kyber. Cada cristal era diferente, y resplandecía de color azul, verde o púrpura si lo blandía un miembro del lado luminoso, y rojo si lo hacía uno del lado oscuro.

SAESEE TIIN

AGEN KOLAR

MACE WINDU

KIT FISTO

OBI-WAN KENOBI CONTRA DARTH MAUL

Tanto los Jedi como los Sith preferían utilizar sables láser en lugar de blásters, y eran expertos espadachines. Los sables láser también se empleaban para desviar los disparos de los blásters y podían atravesar algunos de los objetos más duros de la galaxia.

Hubo muchos Jedi famosos a lo largo de los años. El más sabio y poderoso de todos fue el **gran maestro Yoda**.

Era un alienígena pequeño y verde que caminaba con un bastón y que, a pesar de mostrarse siempre humilde, poseía un gran conocimiento y dominio de la Fuerza.

Yoda enseñó a los caballeros Jedi a sentir la Fuerza en su interior y a creer siempre en ellos mismos. Una de sus frases más célebres fue: «Hazlo o no lo hagas, pero no lo intentes».

Qui-Gon Jinn fue otro Jedi que demostró un gran dominio de la Fuerza. Qui-Gon descubrió al joven Anakin Skywalker en el mundo desértico de Tatooine. Creyó que Anakin era el elegido y, por tanto, quien restituiría el equilibrio en la Fuerza. Cuando Qui-Gon fue derrotado por el maléfico Sith Darth Maul, su aprendiz padawan se ocupó del aprendizaje del chico.

Obi-Wan Kenobi era el aprendiz padawan de Qui-Gon. Cuando Obi-Wan se convirtió en caballero Jedi, accedió a entrenar al joven Anakin Skywalker. Obi-Wan era un Jedi fuerte y sabio, y preparó a Anakin lo mejor que pudo, pero Anakin acabó sucumbiendo al lado oscuro de la Fuerza y se convirtió en Darth Vader.

Siguiendo órdenes del **Emperador**, que también era un Lord Sith, Darth Vader ayudó a destruir a los caballeros Jedi. Obi-Wan se enfrentó a Vader en el planeta Mustafar y, tras un duelo mortal, Obi-Wan derrotó a su antiguo padawan. Pero el emperador salvó la vida de Vader y le entregó un traje con una máscara negra que le proporcionó un aspecto temible.

ANAKIN SKYWALKER CONTRA OBI-WAN KENOBI

DARTH VADER Y EL EMPERADOR

Mientras tanto, Obi-Wan se escondió en Tatooine. Allí, pudo vigilar al hijo de Anakin, **Luke**. Su misión consistía en proteger a Luke a toda costa. Muchos años después, gracias a un droide fugitivo, Luke encontró a Obi-Wan, y el Jedi empezó a entrenar a Luke en la Fuerza.

Transcurrido un tiempo, Obi-Wan se enfrentó en una última ocasión a Darth Vader. Éste se había convertido en un poderoso Lord Sith y mató a su antiguo maestro. Obi-Wan pasó a ser uno con la Fuerza y así se hizo más poderoso que nunca.

DARTH VADER CONTRA OBI-WAN KENOBI

Obi-Wan se comunicó con Luke a través de la Fuerza y le apremió a que buscara a Yoda. Luke se entrenó con el maestro Jedi y posteriormente se enfrentó a Darth Vader. Luke perdió su primer duelo contra Vader, quien le reveló que era su padre. Más tarde, Luke se enfrentó a su padre una segunda vez en un duelo a muerte.

Pero Luke Skywalker no mató a Darth Vader. En lugar de eso, hizo que su padre regresara al lado luminoso de la Fuerza.

Con la caída del Imperio, Luke pensó que podría ser capaz de entrenar a una nueva **Orden Jedi**. Pero uno de sus aprendices, su sobrino Ben, sucumbió al lado oscuro de la Fuerza y luego arremetió contra el resto de los alumnos. El sobrino de Luke se había convertido al mal y adoptó el nombre de Kylo Ren.

Mientras tanto, en otro punto de la galaxia, una joven llamada **Rey** descubrió el sable láser azul de Luke Skywalker, extraviado desde hacía mucho tiempo. Rey no quería saber nada sobre la Fuerza, pero, para su sorpresa, percibió insistentemente su llamada.

Rey descubrió que podía emplear el poder de la Fuerza, y se enfrentó al siniestro Kylo Ren. Rey era tan poderosa que incluso derrotó a Kylo en un duelo con los sables láser, aunque el villano finalmente logró escapar con vida.

Sumido en la tristeza tras la conversión de Ben al lado oscuro y su transformación en Kylo Ren, Luke recorrió la galaxia en busca del primer templo Jedi, que finalmente encontró en el remoto planeta Ahch-To.

Luke pasó muchos años en una isla de Ahch-To, donde convivió con los amistosos cuidadores y los tiernos porgs, y donde además pudo meditar sobre los Jedi y el poder de la Fuerza.

Rey recorrió la galaxia para encontrar a Luke Skywalker, el último Jedi. La Resistencia necesitaba que Luke les ayudara a detener a Kylo Ren y a la terrorífica **Primera Orden**.

Además, Rey necesitaba que Luke le enseñara el camino de la Fuerza, y tal vez incluso que la entrenara para ser una Jedi.

Con el destino de la galaxia y el de la Orden Jedi pendiente de un hilo, Luke Skywalker y Rey deben confiar en **el poder de la Fuerza**...